AF382878

Analyse de l'œuvre

Par Dominique Coutant-Defer
et Kelly Carrein

La Femme au miroir

d'Éric-Emmanuel Schmitt

lePetitLittéraire.fr

Rendez-vous sur lepetitlitteraire.fr et découvrez :

Plus de 1200 analyses
Claires et synthétiques
Téléchargeables en 30 secondes
À imprimer chez soi

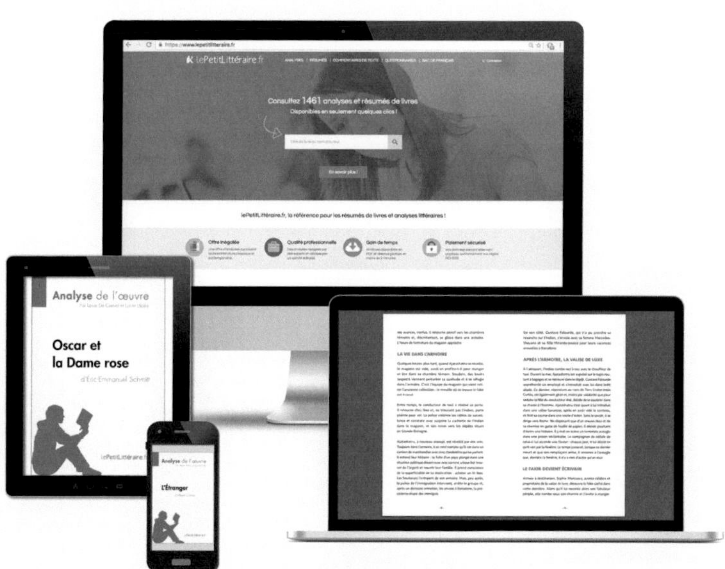

ÉRIC-EMMANUEL SCHMITT

ÉCRIVAIN FRANCO-BELGE

- **Né en 1960 à Sainte-Foy-lès-Lyon (Auvergne-Rhône-Alpes)**
- **Quelques-unes de ses œuvres :**
  - *La Secte des égoïstes* (1994), roman
  - *La Part de l'autre* (2001), roman
  - *Oscar et la Dame rose* (2002), roman

Éric-Emmanuel Schmitt, agrégé de philosophie, est l'un des auteurs français les plus lus dans le monde. Il vit à Bruxelles et a débuté sa carrière d'écrivain au théâtre avec *La Nuit de Valognes* (1991), une variation sur le mythe de don Juan, et *Le Visiteur* (1993), pièce dans laquelle Freud (médecin autrichien, fondateur de la psychanalyse, 1856-1939) reçoit la visite d'un homme énigmatique qui prétend être Dieu lui-même.

Tout en continuant à écrire pour le théâtre, Schmitt compose aussi des romans (*La Part de l'autre*), des nouvelles (*Odette Toulemonde et autres histoires*, 2006) et même une autofiction (*Ma vie avec Mozart*, 2005). Récemment, il s'est mis derrière la caméra et a adapté au cinéma deux de ses œuvres, dont *Oscar et la Dame rose* (2009).

LA FEMME AU MIROIR

L'HISTOIRE DE TROIS FEMMES D'EXCEPTION

- **Genre :** roman
- **Édition de référence :** *La Femme au miroir*, Paris, Albin Michel, 2011, 455 p.
- **1re édition :** 2011
- **Thématiques :** différence, féminité, miroir, destin, mariage

La Femme au miroir met en scène trois femmes, à des époques et en des lieux différents : Anne vit à Bruges (Belgique) à la Renaissance, Hanna à Vienne (Autriche) au début du XXe siècle, et Anny de nos jours en Californie (États-Unis). Ces trois femmes évoluent dans le contexte historique et culturel de leur temps, mais un même poids semble peser sur elles : celui des conventions, auxquelles elles tentent, chacune à leur manière, d'échapper.

RÉSUMÉ

ANNE

À l'époque de la Renaissance, Anne est une jeune orpheline rebelle qui vit avec le restant de sa famille – uniquement des femmes – à Bruges. Anne doit épouser Philippe, mais elle ne le veut pas. Aussi se sent-elle différente de ses amies, que le mariage attire. À l'occasion de son mariage, on lui a prêté un miroir, objet rare à l'époque, mais, jalouse, sa cousine Ida le casse, et Anne profite de la distraction causée par l'incident pour fuir son mariage et se réfugier dans la forêt, où elle passe plusieurs jours seule, loin de tout et pleinement heureuse. Elle a toujours entretenu un lien particulier avec la nature, et c'est à son contact qu'elle a connu ses premières extases. En fuyant son mariage, elle ressent ainsi un intense soulagement.

Ida et Philippe finissent par la retrouver et, en colère, la ligotent. C'est alors qu'un gigantesque inconnu, le moine Braindor, surgit et les met en fuite. D'une apparence menaçante, il est pourtant très gentil : il avait approvisionné Anne en pain lors de son séjour en forêt. Après avoir coupé les liens de la jeune femme, il l'emmène à Bruges et annonce à sa famille, médusée, que la vocation d'Anne est sans doute de devenir religieuse. En effet, il a très vite ressenti le potentiel mystique de la jeune femme.

Par la suite, il est décidé qu'Anne n'épousera pas Philippe – pour empêcher toute autre fuite –, mais sa famille refuse qu'elle soit religieuse. Sous l'impulsion de Braindor, elle lit la Bible, qui la fascine, mais dont la violence l'effraie jusqu'à lui donner des cauchemars. Elle en conclut qu'elle n'est pas faite pour la vie religieuse. Se sentant en revanche comme appelée par le loup qui menace la ville, Anne participe à une battue et établit un curieux lien avec l'animal en lui apprenant à détecter les pièges et en lui fournissant de la nourriture.

Lorsqu'elle revient à Bruges, tout le monde croit à un miracle, le loup l'ayant épargnée. Il n'attaque d'ailleurs plus les habitants. Anne est alors vénérée comme une sainte et devient l'attraction de la ville : « Si Dieu avait sauvé cette créature, c'était parce qu'elle était pure, vierge, sans péché. » (p. 184) Braindor essaie à nouveau de la convaincre de sa vocation religieuse. Heureuse de pouvoir échapper à sa famille, Anne entre alors au béguinage – communauté religieuse – de Bruges, mais elle refuse d'adhérer à la religion traditionnelle et de lire la Bible, qu'elle juge toujours effrayante. Elle vit cependant des expériences d'ordre mystique lorsqu'elle médite : des poèmes à vocation mystiques lui viennent lors de ses expériences ; ils seront regroupés dans son manuscrit, *Le Miroir de l'invisible*.

Plus tard, Braindor découvre un poème d'Anne qui le trouble. Il a été écrit sous un tilleul auquel parle la jeune fille. Elle y évoque un être supérieur, présent dans la nature, qu'elle appelle « son amant » (p. 67). Le moine prétend qu'il s'agit de Dieu. Anne devient « une poétesse mystique » (p. 295). Sa tante commence alors à lui porter beaucoup d'attention, ce qui rend Ida jalouse. Celle-ci est aussi malheureuse, parce qu'elle ne parvient pas à trouver un mari. Désespérée, elle met le feu à la maison familiale et est prise dans les flammes. Elle survit à l'incendie, mais est défigurée par ses brulures.

Reçue par l'archidiacre, Anne continue à soutenir

que Dieu n'est qu'un mot. Elle soigne avec amour Ida, qui fait une tentative de suicide après s'être aperçue dans un miroir. Également jalouse de l'attention qu'Anne porte à la supérieure du béguinage, Ida, mourante, empoisonne cette dernière, de même que le médecin, et accuse sa cousine du meurtre. Les choses s'enveniment. Accusée d'impiété et de se livrer à des rites sataniques avec des animaux sauvages, Anne est déclarée sorcière et est condamnée à être brulée vive. Elle meurt sereinement sur le bucher, devant les Brugeois en colère contre cette condamnation injuste.

HANNA

En 1904, à Vienne, Hanna, peu attirée par le mariage, avoue dans une lettre adressée à son amie d'enfance, Gretchen, de dix ans son ainée, qu'elle a épousé Franz von Waldberg par lassitude. Elle le trouve attirant, mais reste froide dans ses bras et guette anxieusement dans son miroir les signes d'une éventuelle grossesse, craignant la déception de sa famille en cas d'échec.

Elle confie également qu'elle s'ennuie dans sa luxueuse maison. La jeune femme ne s'intéresse à aucun des sujets qui concernent directement son sexe : ni le mariage, ni les enfants, ni l'entretien de la maison ne retiennent son intérêt, ce qui ajoute aussi à son état d'ennui perpétuel.

Au bout d'un an de mariage, Hanna trompe son ennui en collectionnant des verreries. Elle tombe enceinte et se sent enfin comme les autres femmes après tant de pressions subies de la part de ses pairs et de sa belle-famille. Elle espère que la maternité la comblera et se laisse tomber dans un « état végétatif » (p. 132), car elle croit avoir finalement trouvé le bonheur.

Pensant provoquer de manière magique son accouchement – qui tarde –, Hanna brise l'une de ses verreries. Malheureusement, le médecin lui annonce qu'elle a fait une grossesse nerveuse : son ventre ne contenait en fait que de l'eau. Souhaitant éclaircir les causes de sa grossesse nerveuse, et sur les conseils de sa tante Vivi, Hanna consulte un psychanalyste, le Dr Calgari. Elle quitte celui-ci en ayant l'impression d'avoir affaire à un arnaqueur.

Elle décide cependant de retourner voir le médecin pour débrouiller les causes de son obsession pour les sulfures et celles d'un malaise survenu suite à l'extase éprouvée à l'audition d'une œuvre de Gustav Mahler (compositeur et chef d'orchestre autrichien, 1860-1911) : ces évènements lui ont permis de comprendre l'intérêt de la psychanalyse. De fait, les séances de psychanalyse révèlent à Hanna son refus d'évoluer, son gout de la pureté et sa peur d'être mère. Au cours d'une séance d'hypnose, elle avoue qu'elle a été abandonnée à la naissance.

Peu à peu, elle se sent attirée par le Dr Calgari, mais celui-ci la repousse. Elle découvre alors le plaisir physique avec un étudiant qui la courtisait. Elle quitte ensuite son mari en lui abandonnant sa fortune.

En 1912, Hanna est devenue psychanalyste en Suisse et elle écrit à Gretchen qu'elle s'est lancée dans l'écriture d'un livre sur le mysticisme flamand, après avoir découvert, à Bruges, le manuscrit d'Anne : *Le Miroir de l'invisible*. Elle se sent très proche de cette femme qui a vécu bien avant elle, et elle assimile les extases mystiques d'Anne à des expériences psychiques. Elle a l'impression qu'Anne a écrit ce qu'elle-même ressent, plusieurs siècles plus tard.

Deux ans plus tard, Gretchen écrit à l'ex-mari d'Hanna pour l'avertir que cette dernière a bien été élevée par ses vrais parents, mais qu'elle les a reniés, car ils n'étaient pas des aristocrates. Ils sont morts accidentellement peu de temps après, et Hanna a caché sa culpabilité sous la fable de l'abandon, ce qui a empoisonné sa vie. Elle évoque également la mort d'Hanna pendant les premiers jours de la Première Guerre mondiale (1914-1918).

ANNY

De nos jours, à Hollywood, Anny, jeune actrice excentrique et cocaïnomane de 20 ans, s'étonne d'être amoureuse de David. Un soir, pour l'épater, elle se livre, complètement ivre, à de dangereuses acrobaties dans une boite de nuit et est écrasée par l'une des boules à facettes dans lesquelles elle aime tant se contempler.

À l'hôpital, Anny devient dépendante de la morphine. Ethan, un infirmier, veut la désintoxiquer, tandis que Johanna, son agent, profite de son accident pour faire de la publicité, sans se préoccuper le moins du monde de l'état de sa cliente. Ce séjour à l'hôpital et ses entretiens avec Ethan lui permettent de réaliser qu'elle est malheureuse et manque d'amour. Elle se rend compte qu'elle croyait aimer David, mais que ce n'était pas le cas.

Remise sur pied, Anny peut reprendre le tournage d'un film. Elle vérifie dans un miroir l'épais maquillage qui couvre ses cicatrices. Elle vit à présent avec David, charmeur et manipulateur, mais revoit aussi avec joie Ethan, qui ne la laisse pas indifférente. Celui-ci, malgré son attirance évidente pour l'actrice, refuse cependant ses avances, persuadé qu'elle veut juste l'inscrire à sa liste de conquêtes avant de se débarrasser de lui.

Par dépit, Anny fait l'amour avec le réalisateur du film et ne se rend pas à un rendez-vous donné par Ethan. Dominant le réalisateur depuis qu'elle est devenue sa maitresse, la jeune femme se montre capricieuse sur le tournage. Une vieille actrice, surnommée « Sac Vuitton » (p. 214), la prévient qu'elle se perdra si elle continue à mener cette vie exaltée, mais sans plaisirs véritables.

Anny se range aux arguments de Johanna, qui la somme de renoncer à l'alcool et à la drogue, mais elle se fixe secrètement pour objectif d'atteindre le coma éthylique en trois jours. Lors de la projection de son film, elle est finalement retrouvée inanimée par Ethan, victime d'une overdose.

Johanna fait de la désintoxication d'Anny un évènement médiatique monnayé plusieurs millions de dollars et, à l'hôpital, l'actrice est sans cesse traquée par des caméras derrière des miroirs sans tain.

Plus tard, Ethan lui avoue qu'il se drogue. Désactivant les caméras qui filment la jeune femme dans sa chambre d'hôpital, ils font l'amour. Le directeur de la clinique renvoie Ethan, jugeant qu'il passe trop de temps avec Anny. Ayant interrompu sa cure, Anny assiste aux obsèques de « Sac Vuitton » et visite Ethan en prison, où il est incarcéré pour vol de médicaments à l'hôpital.

Quelque temps plus tard, le lecteur retrouve Anny, qui s'est retirée au bord de la mer et a retrouvé Ethan, sorti de prison, mais toujours drogué. Elle refuse toutes les propositions de scénarios, sauf celle d'un réalisateur européen qui lui offre le rôle d'Anne de Bruges dans son film. Cet homme est en fait le petit-fils de

Gretchen, à qui Hanna avait dédicacé son livre. Anny et Ethan le rencontrent à Paris.

Anny, complètement métamorphosée, tourne le film sur la vie d'Anne à Bruges. Au béguinage, elle est mystérieusement attirée par le vieux tilleul vers lequel s'était déjà instinctivement dirigée Hanna, un siècle plus tôt.

ÉTUDE DES PERSONNAGES

ANNE

Surnommée la vierge de Bruges, Anne vit dans cette ville flamande à l'époque de la Renaissance. Orpheline de mère et de père inconnu, elle a quitté une ferme isolée dans le Nord des Flandres pour gagner Bruges avec sa famille, essentiellement composée de femmes – grand-mère, tantes et cousines.

D'un tempérament anticonformiste, cette belle adolescente blonde refuse d'épouser le jeune Philippe et n'a de cesse de se réfugier dans la nature, avec laquelle elle a toujours entretenu des rapports exaltés et étranges qui provoquent d'ailleurs ses premières extases mystiques. Anne conçoit la vie d'une façon différente des autres, et détonne dans une société où on attend d'elle qu'elle corresponde à la norme établie. Elle devrait épouser un homme de bonne famille et lui donner des enfants pour mener ainsi une vie très traditionnelle, à l'instar de millions d'autres jeunes filles catholiques à la Renaissance, mais Anne a soif de liberté et de nature ; elle sait qu'elle ne pourra trouver le bonheur si elle est cantonnée à une vie de famille stéréotypée.

Retirée dans une communauté religieuse, bien que refusant les dogmes du christianisme, elle apprécie la vie simple du béguinage, car elle s'y sent libérée des contraintes sociales (comme le mariage) qu'elle cherchait à fuir. Elle a une vision de la religion originale et progressiste pour l'époque, puisqu'elle conteste notamment les actions de Dieu dans la Bible.

Tout au long du roman, Anne fait preuve d'une très grande compassion envers sa cousine Ida, alors que celle-ci n'a fait que la haïr toute sa vie. C'est d'ailleurs elle qui manigance de façon à mener la jeune femme à sa perte. Et de fait, Anne finit brulée comme sorcière, accusée d'hérésie et victime de l'accusation d'empoisonnement portée contre elle par Ida, jalouse depuis toujours de sa beauté et de son succès.

HANNA

Les chapitres consacrés à Hanna sont épistolaires : ce sont des lettres qu'elle adresse à son amie Gretchen pendant plusieurs années. Hanna vient d'épouser Franz von Waldberg, un homme de la noblesse viennoise, qui lui offre une vie somptueuse. Or, Hanna ne l'a pas épousé par amour, mais parce qu'elle était lasse de sa vie de célibataire. La vie de femme mariée ne lui plait pas non plus et seule sa collection de verreries lui apporte un peu de bonheur (« À part ma collection, rien de la journée à venir ne m'attire », p. 96). Elle n'a aucun désir d'enfanter et de devenir mère, mais le stress qu'elle ressent suite à la pression continue de son entourage pour tomber enceinte entraine une grossesse nerveuse.

À l'instar d'Anne, Hanna ne correspond pas à ce qu'on attend d'une femme de son époque : le mariage, les enfants et les tâches domestiques ne l'intéressent guère. Bien qu'en âge d'être considérée comme une dame, elle a le sentiment de se déguiser lorsqu'elle revêt des tenues de femme ; elle reste une « simple fillette égarée au pays des femmes et contrainte à mimer l'adulte »

(p. 29). Hanna vit donc dans le mensonge, et prétend chaque jour être un personnage qui ne lui correspond pas, dans lequel elle ne se reconnait pas. Ainsi, elle accepte des relations sexuelles avec son mari uniquement parce qu'elle pense que c'est son rôle, sans même ressentir aucune attirance pour lui.

La jeune femme sait qu'elle dispose de tout pour être heureuse, mais elle ne parvient pas à atteindre le bonheur qu'elle recherche pourtant désespérément : « Chaque jour, je me rappelle que je suis huppée, aimée, désirée, logée au sein d'un palais, introduite auprès de la meilleure société de Vienne ; chaque heure, je m'oblige à admettre que je jouis d'une excellente santé, que je mange au-delà de ma faim [...] » (p. 95) Pour empêcher les gens de s'intéresser à elle et de découvrir son profond désarroi, elle préfère s'intéresser à eux et recueillir leurs propres confidences.

Sa vie change lorsqu'elle découvre la psychanalyse : elle se débarrasse enfin des conventions sociales et quitte son mari pour vivre la vie de femme indépendante dont elle a toujours rêvé (en Suisse, puis en Belgique). La psychanalyse lui permet également de se détacher de sa collection de verreries, qui tournait à l'obsession malsaine.

ANNY

Actrice à Hollywood dans les années 2000, la belle et excentrique Anny, âgée de 20 ans et née de parents inconnus, mène une vie dissolue, entre drogue, alcool et antidépresseurs qui accentuent son penchant pour l'autodestruction. Comme le remarque justement Ethan, elle « fuit sa vie intérieure » (p. 77), se refusant à réfléchir et paniquant dès qu'elle pense à l'avenir.

Anny accumule les conquêtes masculines, au point qu'elle croise des hommes en se demandant si elle a couché avec eux, mais elle est bien consciente que cela ne la satisfait pas vraiment. Culottée, elle n'hésite pas à faire du charme à un policier pour échapper à une amende. Ses frasques compensent une grande solitude (« D'ailleurs, avait-elle un ami ? », p. 105). Comme le remarque Tabata, une vieille actrice, Anny n'est « pas heureuse car [elle] ouvr[e] [s]a porte aux sentiments immenses » (p. 222) : « Quand tu ris, tu ris : tu ne ricanes pas... Quand tu pleures, tu pleures : tu ne pleurniches pas… Tout est grand en toi, rien de mesquin, rien de petit. » (*ibid.*) Sa sensibilité s'exprime aussi dans son talent de comédienne, qui la propulse rapidement en haut de l'affiche.

Un jeune infirmier, Ethan, veut la désintoxiquer. Elle tombe amoureuse de lui, bien qu'il se drogue lui aussi. Elle finit toutefois par renoncer à son existence trépidante, s'exile au bord de la mer et trouve enfin, au cinéma, un rôle qui lui convient vraiment : celui d'Anne de Bruges. Par son statut d'actrice, elle est elle aussi obligée de jouer sans cesse un rôle, se livrant parfois à des séances photo à but publicitaire et entamant à contrecœur une liaison avec David, un bel acteur, simplement parce que celle-ci serait bonne pour son image.

L'ENTOURAGE D'ANNE

Le moine Braindor

Grand et effrayant, cet homme d'Église secourt Anne lors de sa première fugue dans la forêt ; il n'aura de cesse de la protéger et de la conseiller. Le moine Braindor, conscient très tôt du tempérament mystique de la jeune fille et intrigué par sa personnalité, essaie à plusieurs reprises de la convaincre d'entrer dans les ordres, multipliant les arguments théologiques. Son souhait finit par être exaucé lorsqu'Anne entre au béguinage.

Ida

Ida est la cousine d'Anne et sa sœur de couche. Profondément jalouse du mariage de sa cousine, de sa beauté, puis de l'attention que les autres lui portent, elle multiplie les provocations et les insultes à son égard. Elle va jusqu'à mettre le feu à la maison familiale et reste prisonnière des flammes. Sauvée par Anne, qui la veille pendant sa convalescence, elle lui reproche son affection pour la supérieure du béguinage. Elle empoisonne alors le médecin et la mère supérieure en accusant Anne de ces crimes. C'est elle, encore, qui accusera Anne de sorcellerie et précipitera sa mort.

L'ENTOURAGE D'HANNA

Tante Vivi

Considérée comme « la dévergondée du clan »

(p. 60) qui collectionne les amants, c'est la tante du mari d'Hanna. Son caractère familier permet aux deux femmes de se lier peu à peu d'amitié : tante Vivi donne à la jeune femme inexpérimentée des conseils en matière de toilette ou de savoir-vivre, et s'intéresse aussi à sa vie intime. Elle découvre alors le profond déséquilibre d'Hanna et lui conseille de suivre une psychanalyse. C'est également elle qui découvre (et tait), en pratiquant l'art du pendule, que la jeune femme n'est pas réellement enceinte. Hanna l'admire beaucoup pour son extrême féminité et ses prises de position avant-gardistes.

Franz

Franz est le mari d'Hanna, passionné de chapeaux. Gentil et aimant, il est très heureux de son mariage et ne souhaite plus que des enfants pour parfaire son bonheur. Il idolâtre Hanna (« J'ai une chance outrecuidante d'avoir été choisi par l'ensorcelante Hanna », p. 98), mais est aveugle à son malêtre et ne se rend pas compte qu'elle va bientôt les ruiner avec sa collection de sulfures. Il ne sera mis au courant de la grossesse nerveuse d'Hanna qu'à sa mort, par Gretchen.

L'ENTOURAGE D'ANNY

Tabata Kerr, alias Sac Vuitton

« Sac Vuitton » est le surnom d'une vieille actrice grandiloquente d'Hollywood, qui lui a été attribué en raison de son visage criblé de cicatrices, dues à des opérations de chirurgie esthétique. À présent laide et obèse, elle se sert de la célébrité d'Anny – qui la vénère – aux côtés de laquelle elle peut apparaitre dans les magazines people. Mais c'est aussi elle qui convainc la jeune actrice de son talent et lui conseille de se remettre sur la bonne voie.

Ethan

Jeune infirmier drogué, il s'occupe d'Anny après sa chute, survenue en boite de nuit. Attentionné, il l'aide à se sentir mieux en lui administrant de la morphine. Une fois sortie de l'hôpital, Anny le voit en cachette, le soir, pour recevoir ses doses. Ethan est amoureux de la jeune femme, mais il a besoin de temps avant de se l'avouer. Il amène Anny à se questionner sur les raisons de ses frasques sexuelles.

CLÉS DE LECTURE

UN SCHÉMA NARRATIF SPÉCIFIQUE

La Femme au miroir relate l'histoire de trois femmes vivant en des lieux distincts et à des époques différentes : la première, Anne, vit à Bruges à la Renaissance ; la deuxième, Hanna, à Vienne, au début du XXe siècle ; la troisième, Anny, en Californie, un siècle plus tard. Là où le lecteur aurait pu attendre un texte divisé en trois blocs successifs, chacun consacré à l'un des trois personnages, l'auteur a choisi l'alternance : le roman s'ouvre en effet sur la présentation d'Anne, puis le deuxième chapitre est consacré à Hanna, et le troisième est dévoué à Anny. La suite du texte obéit au même principe narratif, évoquant toujours les trois femmes dans le même ordre.

Le roman est donc ordonné selon une stricte répartition tripartite, chaque femme ayant droit au même nombre de pages dans chaque chapitre et au même nombre de chapitres dans le livre. Aussi le passage continuel d'une femme à l'autre – par un grand écart permanent entre, d'une part, Bruges, Vienne et la Californie, et, d'autre part, entre la Renaissance, le XXe siècle et les années 2000 – confère-t-il un rythme particulier à l'histoire : les intrigues respectives sont régulièrement entrecoupées pour être reprises plus tard.

Les trois femmes entrent donc alternativement en scène, un peu comme sur une scène de théâtre où elles viendraient chacune à leur tour jouer leur rôle, seulement entourées par un petit nombre de comparses – le contexte historique et les lieux de l'action n'étant évoqués que s'ils servent à la peinture de leur évolution.

On trouve en effet peu de descriptions dans *La Femme au miroir*, sauf celles des cadres dans lesquels évoluent Anne, Hanna et Anny : la forêt et le béguinage de Bruges, les lieux de plaisir de l'aristocratie viennoise, les boites de nuit branchées et les plateaux de tournage d'Hollywood. Le physique des femmes n'est pas détaillé, l'auteur choisissant de donner la priorité à leurs réactions psychologiques face aux évènements. Cet aspect est particulièrement marqué dans l'histoire d'Hanna, puisque c'est au travers de son point de vue, exprimé dans sa correspondance avec son amie Gretchen (dont on ne connait pas les réponses), que le lecteur prend connaissance des faits de son existence et de leur répercussion dans l'esprit de la jeune femme.

Enfin, il est évident, dès le début du roman, que l'auteur veut établir un parallèle entre ces trois destins de femmes – ne serait-ce que par la similitude de leurs prénoms – entre lesquelles le lecteur perçoit très vite des ressemblances. Cette volonté est explicitement exprimée dans les trois derniers chapitres, vers lesquels tout le texte converge : Anny rencontre un réalisateur qui veut mettre en scène l'histoire d'Anne de Bruges, qui lui a été léguée par sa grand-mère Gretchen, la correspondante d'Hanna ; finalement, l'actrice, se rendant pour le tournage du film à Bruges, se sent mystérieusement attirée par l'arbre sous lequel Anne avait l'habitude de séjourner quatre siècles plus tôt, et sous lequel s'était déjà attardée Hanna, alors en visite touristique au béguinage.

La boucle est bouclée, et les trois lignes directrices du roman se rejoignent pour ne plus en composer qu'une seule.

UN PORTRAIT DE FEMME
À TROIS FACETTES

Les trois héroïnes dessinent ensemble un portrait de femme à trois facettes. Leurs apparitions respectives dans le temps, à trois époques différentes, pourraient évoquer la métempsychose, théorie selon laquelle une même âme peut animer successivement plusieurs corps humains, animaux ou même végétaux. C'est comme si ces trois femmes n'en faisaient qu'une, répétant un destin à des siècles d'intervalle, par des réincarnations successives – ce d'autant plus que le titre du roman évoque une seule femme.

LA MÉTEMPSYCHOSE

Du grec ancien *metempsúkhôsis*, signifiant « déplacement de l'âme », la métempsychose est la croyance ancienne selon laquelle une même âme peut habiter successivement plusieurs corps humains, animaux ou végétaux. Elle suppute évidemment une dualité entre l'âme et le corps matériel, et aboutit à l'idée de la réincarnation, toujours actuellement présente dans certaines religions.

Les Grecs sont nombreux à avoir creusé cette idée, notamment Platon (philosophe grec, vers 427 av. J.-C.-vers 348 av. J.-C.), pour qui le caractère raisonnable ou agressif de l'humain détermine s'il se réincarnera dans un animal grégaire ou de proie, et Pythagore (mathématicien et philosophe grec, vers 570 av. J.-C.-480 av. J.-C) qui dit avoir reconnu en un chien battu l'un de ses anciens amis suite à l'empathie qu'il éprouvait pour l'animal.

Plus près de nous, ce terme est aussi présent dans *Ulysse* (1922) de James Joyce (écrivain irlandais, 1882-1941), où il prouve l'érudition du héros sans davantage être défini ; Marcel Proust (écrivain français, 1871-1922) le fait figurer à la première page *d'À la recherche du temps perdu* (1913-1927), tandis que Jorge Luis Borges (écrivain argentin, 1899-1986) en fait le sujet de sa nouvelle *L'Approche de l'Almotasim* (1944).

Sans nécessairement adhérer à cette thèse, jamais évoquée explicitement par l'auteur, on peut toutefois approfondir les liens étroits qui unissent les trois personnages. « Combien nous

nous ressemblons par-delà les siècles » (p. 424), dit elle-même Hanna, lorsqu'elle décide d'écrire un livre sur Anne, qu'elle appelle d'ailleurs « sa sœur de labyrinthe » (p. 425). Les points communs entre les trois femmes se multiplient au fil des pages.

Une enfance problématique

Les trois femmes du roman ont en commun un passé familial douloureux, qu'il soit réel ou fantasmé :

- Anne, qui n'a jamais eu de père et dont la mère est morte en lui donnant le jour, a été recueillie par son oncle et par sa tante. Dès lors, elle craint « de devoir son existence à un sacrifice » (p. 117) ;
- Hanna, après qu'elle a lu, enfant, un livre sur Marie-Antoinette (reine de France, 1755-1973), a décidé qu'elle voulait être reine. Elle a alors reproché à ses parents « de ne pas avoir de sang bleu » (p. 443), a déclaré qu'elle n'était sans doute pas leur vraie fille et s'est inventé une généalogie plus prestigieuse. Cette fable a engendré de nombreux troubles chez la jeune femme ;

- Anny n'a pas connu ses vrais parents et a été élevée par un couple avec lequel elle avait décidé d'avoir de bons rapports pour s'éviter des problèmes. Cependant, elle les a quittés à 16 ans pour poursuivre sa carrière d'actrice.

Un univers de femmes

L'entourage des trois femmes est essentiellement féminin, qu'il exerce une influence positive ou négative sur les héroïnes :

- Anne vit tout d'abord avec sa tante et ses cousines (dont Ida, qui la déteste), puis intègre une communauté religieuse de femmes ;
- Hanna subit la pression des nombreuses tantes et cousines de son mari, et s'épanche dans ses lettres auprès de son amie Gretchen ;
- Anny reçoit les conseils d'une actrice sur le retour, Sac Vuitton, et les directives professionnelles de son agent artistique, Johanna.

Les personnages masculins du roman, quant à eux, paraissent d'ailleurs un peu falots par rapport à leurs homologues féminins et jouent des rôles secondaires :

- le jeune fiancé d'Anne est vite évincé, puis

celle-ci résiste tout au long du récit aux arguments du moine Braindor ;
- le mari d'Hanna est attentionné, mais sans réelle épaisseur ;
- les innombrables hommes qui gravitent autour d'Anny apparaissent comme des pis-aller. L'actrice croit tomber amoureuse d'un bellâtre, David, puis est attirée par Ethan, qui ne parvient pas à se libérer de la drogue.

L'affirmation d'une différence

« Je me sens différente, murmura-t-elle. » (p. 9) Le roman débute par cette phrase d'Anne, tandis qu'on la prépare pour son mariage avec Philippe. De même, Hanna, qui devrait être folle de joie à l'idée d'épouser le beau et riche Franz von Waldberg, avoue qu'elle le fait « comme on teste un remède » (p. 28). Anny se sent quant à elle comme étrangère à elle-même, consciente de ne pas mener la vie qui lui conviendrait.

Les trois femmes ressentent cette douloureuse impression de différence, essentiellement par rapport à ce que les autres attendent d'elles : mariage, maternité, vie familiale. « Je ne sais pas être la femme que notre époque exige. Je peine

à m'intéresser aux sujets de notre sexe » (p. 29),
affirme Hanna. Quant à Anne, elle aspire à un
destin d'exception et exulte lorsqu'elle découvre
chez les béguines qu'« on [peut] se donner
d'autres buts que balayer, subir la domination
du mâle, pondre des enfants et les torcher »
(p. 293). Enfin, Anny oscille perpétuellement
entre la volonté de se conformer au modèle de
l'actrice richissime et adulée que lui impose le
milieu hollywoodien et l'adhésion à sa nature
profonde, solitaire et sentimentale.

Les trois femmes mettront beaucoup de temps à
trouver une parade pour échapper au sort que la
société leur réserve :

- le mysticisme et la poésie pour Anne ;
- la psychanalyse et l'écriture pour Hanna ;
- la désintoxication et une sorte de retour à la
  nature pour Anny.

En outre, elles mettent en place des solutions
après avoir été toutes les trois victimes d'addic-
tions diverses : l'impossibilité de vivre ailleurs
que dans la nature pour Anne, la collection
maniaque de sulfures pour Hanna et la drogue
pour Anny.

Dès lors, faut-il voir dans *La Femme au miroir* un roman féministe ? Toujours est-il qu'il apparait comme un hommage à ces femmes qui, à des époques différentes, ont su se libérer des contraintes qui leur étaient imposées, en prenant conscience de leur nature profonde, toujours associée à un gout immodéré pour la nature en général – même s'il se révèle tardivement pour Anny. Tout au long du roman, les héroïnes affirment leur différence et leur incompréhension du monde qui les entoure.

LE THÈME DU MIROIR

Le thème du miroir est fréquemment utilisé en littérature. Cet objet tient en effet une place importante dans de nombreux récits : pensons à la surface de l'eau réfléchissant l'image de Narcisse dans les *Métamorphoses* (an 1 ou 2 apr. J.-C.) d'Ovide (poète latin, 43 av. J.-C.-17 ou 18 apr. J.-C.), au miroir dans lequel la princesse de Clèves (roman de Mme de La Fayette [femme de lettres française, 1634-1693], écrit en 1678) aperçoit que le duc de Nemours vole son portrait, au miroir qu'interroge la belle-mère de Blanche-Neige (1812) dans le conte des frères Jakob et Wilhelm

Grimm (écrivains et philologues allemands, 1785-1863 et 1786-1859), ou encore au tableau-miroir du *Portrait de Dorian Gray* (1891) d'Oscar Wilde (écrivain irlandais, 1854-1900), etc.

Roman centré sur trois destins féminins, le récit d'Éric-Emmanuel Schmitt associe dans son titre la femme et le miroir, mais celui-ci dépasse ici sa fonction d'objet qui consiste à renvoyer, plus particulièrement aux femmes, une image plus ou moins flatteuse de leur personne – il remplit cependant également ce rôle dans le roman lorsqu'il renvoie à Ida, la cousine d'Anne gravement brulée, l'image de son visage ravagé, la poussant ainsi au suicide. De fait, le miroir a principalement une fonction symbolique dans le roman. Il apparait dès les trois premiers chapitres, consacrés à chacune des héroïnes :

• objet précieux et rare à la Renaissance, réservé à la noblesse, il est prêté à Anne à l'occasion de ses préparatifs de mariage. L'objet suscite l'admiration de celles qui n'en possèdent pas. Anne y aperçoit alors pour la première fois son image, certes ravissante, mais qui ne semble pas lui correspondre (« Elle contemplait une étrangère [...], elle ne lui ressemblait pas »,

p. 12). Cet épisode fait écho à la première ligne du roman, où la jeune fille affirme sa différence. De plus, le précieux miroir se brise à la fin du chapitre, signifiant la rupture d'Anne avec le destin qu'on lui a tracé et l'annulation proche de son mariage. Cet incident sert à Anne de déclic pour « s'arrache[r] au malheur » (p. 46) ;
- Hanna joint à sa première lettre à Gretchen un portrait d'elle aux côtés de Franz. Elle se décrit comme « une courtaude au sourire gêné » (p. 26) qui ne se reconnait pas sous les chapeaux extravagants dont son mari aime à l'affubler. Sa correspondance avec son amie agit également comme un miroir qui lui renvoie sa propre image. Son existence est en quelque sorte dédoublée par l'exposé qu'elle en fait dans ses lettres. De plus, la jeune femme, pour tromper son ennui existentiel, a la passion des verreries et des sulfures, dont elle contemple inlassablement les reflets et les jeux de lumière. C'est d'ailleurs en cassant l'un d'eux qu'elle pense provoquer, de manière quasi magique, son accouchement. Celui-ci a en effet lieu sur-le-champ, révélant la fausse grossesse de la jeune femme, comme si l'objet de verre avait brisé les apparences.

Des années plus tard, la psychanalyse ayant porté ses fruits, elle jettera toute sa couteuse collection dans le Danube, comme autant de faux-semblants dont elle se débarrasse ;

- Anny a l'habitude de se contempler dans les boules à facettes des boites de nuit qu'elle fréquente assidument. « C'est qui, cette pute ? » (p. 32), se demande-t-elle dans le premier chapitre. Elle réalise l'instant d'après qu'il s'agit d'elle, mais, complètement ivre, s'en amuse, de la même manière que, tout au long du récit, elle se cache son malêtre en s'abrutissant de drogues diverses. Le thème du miroir est par la suite récurrent dans l'histoire de la jeune actrice, qui vit continuellement dans le monde de l'image (photos incessantes des paparazzis, caméras cachées dans des miroirs sans tain pour la traquer à son insu, etc.).

Le miroir, sous toutes ses formes, est donc omniprésent dans le roman, renvoyant sans cesse aux héroïnes des images fausses ou tronquées d'elles-mêmes, symboles de l'existence qu'elles mènent et qui ne leur correspond pas, des images de femmes telles que les autres voudraient les voir. Aussi, c'est seulement lorsque les jeunes femmes sont éloignées de leurs reflets qu'elles peuvent redevenir elles-mêmes : Anne est plongée dans sa contemplation de la nature ; Hanna avoue ses pensées les plus honteuses, et Anny se débarrasse du masque qu'elle revêt pour la presse.

Le miroir n'est pas seulement un motif littéraire. Dès la Renaissance, celui-ci prend une place importante en peinture, puisqu'il permet aux artistes de présenter des portraits selon de nouveaux angles de vue.

Pensons notamment aux *Époux Arnolfini* (1434) de Jan Van Eyck (peintre belge, 1390-1441), où le miroir révèle le peintre qui travaille au portrait du couple alors qu'il n'apparait traditionnellement jamais sur ses propres toiles ; pensons à la *Vénus au miroir* (1650) de Diego Vélasquez (peintre espagnol, 1599-1660), où Vénus, nue, se contemple dans un miroir tenu par son fils Cupidon ; ou encore *La Femme au miroir* (vers 1515), du Titien (peintre italien, 1488-1576), où deux miroirs entourent le personnage féminin (un derrière elle, et un devant elle, pour qu'elle puisse observer sa coiffure de l'arrière).

Au cinéma, le miroir est souvent utilisé pour véhiculer un stéréotype : comme dans *La Femme au miroir*, la femme qui se regarde dans un miroir témoigne souvent de sa vulnérabilité ; la personne qu'elle observe dans le miroir ne correspond pas forcément à la personne qu'elle présente au reste du monde, comme c'est le cas pour Natalie Portman (actrice israélo-américaine, née en 1981) dans le film *Black Swan* (2010).

Chez Cocteau (poète, dramaturge et cinéaste français, 1889-1963), le miroir sert à exposer une réalité invisible, montrant la dualité entre l'être et le paraitre : par exemple, dans *La Belle et la Bête* (1946), les sœurs de Belle voient une vieille dame et un singe lorsqu'elles se regardent dans un miroir.

Orson Welles (cinéaste et acteur américain, 1915-1985) exploite le thème du miroir dans *La Dame de Shanghai* (1948), où un couple marié s'entretue dans un labyrinthe de miroirs brisés, dans un duel dont seul le narrateur (interprété par Welles) sort indemne :

cette scène est devenue célébrissime et de nombreux films ont tenté d'y faire référence, comme *Le Troisième Homme* (1949) ou *Inception* (2010).

TROIS LIEUX, TROIS ÉPOQUES ET UN MÊME CARCAN

Dans son roman, Éric-Emmanuel Schmitt a choisi de placer ses héroïnes dans trois cadres spatiotemporels bien distincts. Ceux-ci n'ont évidemment pas été choisis au hasard et sont liés aux destins respectifs des trois jeunes femmes :

- Bruges et la Renaissance. La ville de Bruges représente un « choc » (p. 14) pour Anne. Elle qui, auparavant, habitait la campagne, découvre la ville, un univers en tout point différent de celui auquel elle a été habituée. De plus, ce déménagement correspond aussi à son passage de l'enfance, état innocent, au statut d'adolescente, avec les problèmes qu'il suppose, comme celui du mariage. De fait, en ce lieu et cette époque catholiques, tous les habitants attendent d'Anne qu'elle se marie et enfante, ce qu'elle refuse et fuit, quoiqu'elle découvre tout de même un certain mysticisme ;

- Vienne au début du XXe siècle. La ville de Vienne n'est que très peu décrite dans le roman ; elle est surtout choisie pour son lien avec Sigmund Freud et la naissance de la psychanalyse. Cette proximité géographique permet à Hanna d'être l'une des premières à bénéficier de cette nouvelle approche grâce au Dr Calgari. Son rapport à Vienne est aussi indissociable des remous que connait son mariage. Après ses voyages, elle y réside toute la durée de son union avec Franz, mais, une fois celle-ci terminée, elle fuit et s'installe en Suisse, quittant à la fois son mari et son lieu de résidence ;

- la Californie de nos jours. En vivant dans l'un des lieux phares de la jetset hollywoodienne, Anny est entourée de multiples tentations superficielles (relations avec des inconnus, alcool à profusion, drogues, etc.). Par conséquent, la jeune actrice vit dans un malêtre permanent. Une fois qu'elle gagne l'Europe pour tourner le film consacré à Anne de Bruges, elle trouve un monde plus simple, éloigné des paparazzis. Cet environnement lui permet d'expérimenter une forme de sérénité nouvelle, qui lui était jusqu'ici étrangère.

Malgré leurs différences saisissantes, ces trois périodes et lieux partagent des points communs qui unissent le sort des trois héroïnes :

- l'omniprésence du regard des autres. Bien que les personnages secondaires ne soient que très peu détaillés, ceux-ci jouent un rôle crucial, car leur regard influence les actions des trois femmes. Anne fuit son mariage, car elle ne supporte pas la pression familiale qui la pousse à se marier. Plus tard, elle rejoint l'ordre des religieuses, influencée par l'opinion de Braindor sur sa foi. La pression qu'exerce le cercle familial d'Hanna pour que celle-ci donne un héritier à son mari est si forte qu'elle provoque une grossesse nerveuse. Quant à Anny, elle joue un rôle en permanence devant les caméras et les appareils photo, sous l'impulsion de son agent qui veut en tirer le plus d'argent possible ;
- les conventions sociales du couple qui deviennent trop fortes. Chaque époque a ses propres conventions sociales, que les héroïnes ne veulent pas respecter. Par conséquent, celles-ci se sentent immensément différentes de leur entourage. Anne refuse le mariage à

un bon parti et une vie d'épouse et de mère. Hanna est une épouse, mais ne trouve pas le bonheur dans cette situation et n'est pas le moins du monde intéressée par la maternité. Anny mène une vie dissolue où elle noie son malheur dans les drogues, l'alcool et le sexe, sans n'avoir jamais envie d'une relation de couple traditionnelle.

Les trois femmes que nous rencontrons au début du roman sont enfermées dans un carcan similaire, en dépit des différents lieux et époques dans lesquels elles vivent : elles souffrent toutes de leurs différences, de leur non-conformité aux normes en vigueur, ce qui les conduit à se sentir très seules. *La Femme au miroir* retrace leurs itinéraires personnels pour s'extraire de ce qui les oppresse et trouver enfin le bonheur et la plénitude.

PISTES DE RÉFLEXION

QUELQUES QUESTIONS POUR APPROFONDIR SA RÉFLEXION...

- Comment comprenez-vous le titre de l'œuvre ? Interprétez.
- Détaillez la structure narrative du roman. En quoi est-elle originale ?
- Quelles différences relevez-vous dans l'écriture d'Hanna entre le moment où elle vit dans son monde illusoire et le moment où elle est libérée par sa psychanalyse ?
- Quel rapport peut-on établir entre Braindor, Tante Vivi et Sac Vuitton ?
- Bien qu'elles vivent à des époques et en des lieux différents, quels sont les points communs entre les trois figures féminines du récit ?
- Peut-on associer *La Femme au miroir* au genre du roman psychologique ? Expliquez.
- Quelle image l'auteur renvoie-t-il des personnages masculins dans ce roman (Braindor, Franz, Ethan, etc.) ? Comment l'expliquez-vous ?

- Peut-on qualifier de *La Femme au miroir* de roman féministe ? Justifiez.
- Quelle place la nature tient-elle dans le roman ?
- Comment les derniers chapitres permettent-ils de lier explicitement les destins des trois héroïnes ?

Votre avis nous intéresse !
Laissez un commentaire sur le site de votre librairie en ligne
et partagez vos coups de cœur sur les réseaux sociaux !

POUR ALLER PLUS LOIN

ÉDITION DE RÉFÉRENCE

- Schmitt É.-E., *La Femme au miroir*, Paris, Albin Michel, 2011.

SUR LEPETITLITTÉRAIRE.FR

- Fiche de lecture sur *La Nuit de feu* d'Éric-Emmanuel Schmitt.
- Fiche de lecture sur *La Part de l'autre* d'Éric-Emmanuel Schmitt.
- Fiche de lecture sur *Monsieur Ibrahim et les Fleurs du Coran* d'Éric-Emmanuel Schmitt.
- Fiche de lecture sur *Odette Toulemonde* d'Éric-Emmanuel Schmitt.
- Fiche de lecture sur *Oscar et la Dame rose* d'Éric-Emmanuel Schmitt.
- Questionnaire de lecture sur *Odette Toulemonde*.

Retrouvez notre offre complète sur lePetitLittéraire.fr

- des fiches de lectures
- des commentaires littéraires
- des questionnaires de lecture
- des résumés

ANOUILH
- Antigone

AUSTEN
- Orgueil et
  Préjugés

BALZAC
- Eugénie Grandet
- Le Père Goriot
- Illusions perdues

BARJAVEL
- La Nuit des
  temps

BEAUMARCHAIS
- Le Mariage
  de Figaro

BECKETT
- En attendant
  Godot

BRETON
- Nadja

CAMUS
- La Peste
- Les Justes
- L'Étranger

CARRÈRE
- Limonov

CÉLINE
- Voyage au bout
  de la nuit

CERVANTÈS
- Don Quichotte
  de la Manche

CHATEAUBRIAND
- Mémoires
  d'outre-tombe

**CHODERLOS
DE LACLOS**
- Les Liaisons
  dangereuses

CHRÉTIEN DE TROYES
- Yvain ou le
  Chevalier au lion

CHRISTIE
- Dix Petits Nègres

CLAUDEL
- La Petite Fille de
  Monsieur Linh
- Le Rapport
  de Brodeck

COELHO
- L'Alchimiste

CONAN DOYLE
- Le Chien des
  Baskerville

DAI SIJIE
- Balzac et la
  Petite
  Tailleuse chinoise

DE GAULLE
- Mémoires
  de guerre
  III. Le Salut.
  1944-1946

DE VIGAN
- No et moi

DICKER
- La Vérité sur
  l'affaire Harry
  Quebert

DIDEROT
- Supplément
  au Voyage de
  Bougainville

DUMAS
- Les Trois Mousquetaires

ÉNARD
- Parlez-leur de batailles, de rois et d'éléphants

FERRARI
- Le Sermon sur la chute de Rome

FLAUBERT
- Madame Bovary

FRANK
- Journal d'Anne Frank

FRED VARGAS
- Pars vite et reviens tard

GARY
- La Vie devant soi

GAUDÉ
- La Mort du roi Tsongor
- Le Soleil des Scorta

GAUTIER
- La Morte amoureuse
- Le Capitaine Fracasse

GAVALDA
- 35 kilos d'espoir

GIDE
- Les Faux-Monnayeurs

GIONO
- Le Grand Troupeau
- Le Hussard sur le toit

GIRAUDOUX
- La guerre de Troie n'aura pas lieu

GOLDING
- Sa Majesté des Mouches

GRIMBERT
- Un secret

HEMINGWAY
- Le Vieil Homme et la Mer

HESSEL
- Indignez-vous !

HOMÈRE
- L'Odyssée

HUGO
- Le Dernier Jour d'un condamné
- Les Misérables
- Notre-Dame de Paris

HUXLEY
- Le Meilleur des mondes

IONESCO
- Rhinocéros
- La Cantatrice chauve

JARY
- Ubu roi

JENNI
- L'Art français de la guerre

JOFFO
- Un sac de billes

KAFKA
- La Métamorphose

KEROUAC
- Sur la route

KESSEL
- Le Lion

LARSSON
- Millenium 1. Les hommes qui n'aimaient pas les femmes

LE CLÉZIO
- Mondo

LEVI
- Si c'est un homme

LEVY
- Et si c'était vrai…

MAALOUF
- Léon l'Africain

MALRAUX
• La Condition
  humaine

MARIVAUX
• La Double
  Inconstance
• Le Jeu de l'amour
  et du hasard

MARTINEZ
• Du domaine
  des murmures

MAUPASSANT
• Boule de suif
• Le Horla
• Une vie

MAURIAC
• Le Nœud
  de vipères

MAURIAC
• Le Sagouin

MÉRIMÉE
• Tamango
• Colomba

MERLE
• La mort est
  mon métier

MOLIÈRE
• Le Misanthrope
• L'Avare
• Le Bourgeois
  gentilhomme

MONTAIGNE
• Essais

MORPURGO
• Le Roi Arthur

MUSSET
• Lorenzaccio

MUSSO
• Que serais-je
  sans toi ?

NOTHOMB
• Stupeur et
  Tremblements

ORWELL
• La Ferme
  des animaux
• 1984

PAGNOL
• La Gloire de
  mon père

PANCOL
• Les Yeux jaunes
  des crocodiles

PASCAL
• Pensées

PENNAC
• Au bonheur
  des ogres

POE
• La Chute de la
  maison Usher

PROUST
• Du côté de
  chez Swann

QUENEAU
• Zazie dans
  le métro

QUIGNARD
• Tous les matins
  du monde

RABELAIS
• Gargantua

RACINE
• Andromaque
• Britannicus
• Phèdre

ROUSSEAU
• Confessions

ROSTAND
• Cyrano de
  Bergerac

ROWLING
• Harry Potter à
  l'école des sor-
  ciers

SAINT-EXUPÉRY
• Le Petit Prince
• Vol de nuit

SARTRE
• Huis clos
• La Nausée
• Les Mouches

SCHLINK
• Le Liseur

Analyse de l'œuvre
Germinal
d'Émile Zola

Analyse de l'œuvre
L'Étranger
d'Albert Camus

Analyse de l'œuvre
Le Père Goriot
de Balzac

Analyse de l'œuvre
Candide ou l'Optimisme
de Voltaire

Analyse de l'œuvre
Oscar et la Dame rose
d'Éric-Emmanuel Schmitt

www.lepetitlitteraire.fr

ISBN version numérique : 978-2-8062-5158-9
ISBN version papier : 978-2-8062-5202-9
Dépôt légal : D/2017/12603/831

Avec la collaboration de Kelly Carrein pour l'étude du personnage d'Hanna, pour les encadrés sur « La métempsychose » et « Le miroir dans les arts », ainsi que pour le chapitre « Trois lieux, trois époques et un même carcan ».

Conception numérique : Primento, le partenaire numérique des éditeurs.

Ce titre a été réalisé avec le soutien de la Fédération Wallonie-Bruxelles, Service général des Lettres et du Livre.